JULIEN BOILLY

A PROPOS DE LA VENTE

DE SES

LIVRES, TABLEAUX, DESSINS ET AUTOGRAPHES

EN DÉCEMBRE 1874

PAR

PROSPER BLANCHEMAIN

PARIS

CHEZ AUGUSTE AUBRY

LIBRAIRE DE LA *SOCIÉTÉ DES BIBLIOPHILES FRANÇOIS*

18, RUE SÉGUIER-SAINT-ANDRÉ-DES-ARTS

—

1875

Extrait du *Bulletin du Bouquiniste*, du 1er janvier 1873.

Tiré à cinquante exemplaires.

JUL. BOILLY[1]

A PROPOS DE LA VENTE

DE SES

LIVRES, TABLEAUX, DESSINS ET AUTOGRAPHES

EN DÉCEMBRE 1874

Dans notre siècle où dominent l'orgueil et l'impudence, on découvre encore des natures, à la fois élevées et timides, qui prennent autant de soins pour se dérober à tous les yeux que d'autres pour se prodiguer au grand jour. Mais le moment arrive où chaque chose reprend son équilibre, chaque homme sa place; c'est l'heure où l'esprit se dégage de son enveloppe mortelle, où la gemme sort de sa gangue. La plus brillante n'est plus alors qu'un simple caillou; la plus cachée découvre ses facettes étincelantes et se montre un pur diamant.

C'est ce qui advient aujourd'hui pour Julien-Léopold Boilly. Né à Paris, en 1796, d'un père célèbre comme portraitiste et peintre de genre, élevé au collége de Versailles, où il fit de sérieuses études, il embrassa de bonne heure la carrière des beaux-arts et reçut de son père les premières leçons. Il fut ensuite élève dans l'atelier de Gros, où il se distingua par l'habileté de main et l'aptitude à saisir la ressemblance, qui avaient fait la réputation paternelle; aussi les innombrables portraits qu'il dessina aux trois crayons, de 1820 à 1850, sont-ils souvent confondus avec ceux de son père.

Au début de sa carrière (1822 à 1825) il avait publié l'Iconographie des membres de l'Institut de France, recueil précieux, épuisé depuis longtemps. En 1826, il voyagea en Italie, d'où il rapporta, outre de nombreux dessins, esquisses peintes, costumes, monuments, etc , un tableau qui représente des paysans

---

(1) C'est ainsi qu'il signait ses œuvres, et ses amis l'appelaient *Jules*, bien que son véritable prénom fût *Julien*. Il me disait un jour, en me montrant une petite chapelle située derrière l'Hôtel-Dieu de Paris : — Tiens! voilà 'église de mon patron, Saint-Julien-le-Pauvre!

des Etats du pape allant en pèlerinage à Rome et saluant de loin le dôme de Saint-Pierre, et qui lui valut une médaille d'or au Salon de 1827.

Nous ne le suivrons pas dans les nombreux voyages qu'il entreprit en Espagne, à travers la France, l'Allemagne, les Flandres, à la recherche de toiles peintes par les maîtres, et dont il fit, dans les musées, les églises, les collections particulières, d'admirables copies, surtout d'après son peintre de prédilection, Esteban Murillo, s'appropriant, avec une fidélité inouïe, le dessin, la couleur, l'intime pensée du maître qu'il entreprenait de reproduire.

Artiste dans toute l'acception du mot, rien de ce qui touche aux manifestations de la pensée ne lui était étranger. Un des premiers, il avait compris tout l'intérêt que méritent les dessins originaux des grands maîtres. Ces traits légers au fusain, à la plume, au bistre, ébauches informes pour l'œil du vulgaire, révèlent au connaisseur la pensée dans sa première éclosion. Aussi en avait-il rassemblé, avec un soin pieux, une collection nombreuse et choisie, dont une grande partie, mise en vente les 19 et 20 mars 1860, et cataloguée par un expert habile et savant, M. Blaisot, fut disputée par les amateurs, et dont les derniers restes, précieux encore, car on y compte des œuvres de Corrège, Michel-Ange, Vinci, Raphaël, Murillo, Poussin, Prudhon, Gros, Mercury, etc., viennent de se disperser sous le feu des enchères, en même temps que ses propres tableaux, dessins et portraits, ses belles copies, d'après les Espagnols, les Italiens, les Français, peintes avec tant de talent et d'habileté.

Parmi toutes ces œuvres remarquables, il en est qui ont été livrées à des prix indignes de leur mérite, bien que certaines aient atteint des chiffres de vente remarquables, comme la Procession pontificale de Mercury, qui a été payée 350 fr.; la Maison de Pansa, par Duban, 450 fr.; quatre petits dessins de Prud'hon vendus 90, 67, 105 et 260 fr.

L'album des dessins de J. Boilly, d'après Murillo, a été payé 505 fr., prix de beaucoup inférieur à sa valeur réelle.

Un autre album de 66 dessins, d'après Prud'hon, n'a atteint que 400 fr.

Les copies des écoles italiennes, flamandes et françaises se sont vendues en général à fort bon compte, et certainement elles acquerront plus tard une valeur bien supérieure. Il est surtout fort regrettable que les 170 tableaux, d'après Murillo, comprenant presque toute l'œuvre du maître, aient été mis en vente et adjugés en bloc au lieu d'être divisés. Les 4,160 fr., auxquels ils ont été laissés à un commerçant intelligent, eussent été plus que doublés. Quant aux objets d'art et de curiosité, ils ont été fort bien vendus, relativement aux prix qu'ils avaient coûté à leur possesseur, qui les avait rassemblés avec un soin et un goût des plus éclairés, dans ses nombreux voyages, à une époque où ils n'étaient pas encore apppréciés à leur valeur actuelle.

M. Boilly était non-seulement un artiste et un connaisseur, mais un savant ; car, outre le latin, le grec, l'italien, l'anglais, l'espagnol et l'allemand, qu'il possédait à fond, il avait une teinture des idiômes orientaux et savait parfaitement la langue persane, ainsi que le témoigne la traduction complète du poëme d'Abdarrhaman Djami, Joseph et Zouleïkha, que j'ai eu le bonheur d'acquérir à sa vente, œuvre qui, par son intérêt, son charme et sa poésie, mériterait d'être imprimée.

L'amour des autographes et des livres devait aussi passionner ce savant-artiste.

M. Et. Charavay, l'habile expert, qui a dressé avec une science et un soin exceptionnels, le catalogue des lettres que possédait M. Boilly, s'exprime ainsi, avec autant de justesse d'expression que de pensée, au début de son Avertissement :

« La collection dont nous offrons le catalogue aux amateurs est une des plus curieuses et des plus justement célèbres de Paris. On y reconnaît le tact exquis et le goût délicat de l'artiste et les nobles préoccupations du chercheur et du savant. A l'époque où naissait le goût des autographes, M. Boilly recueillit les lettres des peintres, des sculpteurs, des architectes et des musiciens. Rien de ce qui touchait les beaux-arts ne lui était indifférent ; mais les belles-lettres et les sciences lui étant également familières, les écrivains et les savants se joignirent aux artistes. Là s'arrêta la collection de M. Boilly ; mais la part était belle. On remarquera, en effet, que les souverains, les hommes d'Etat ou de guerre sont soigneusement exclus. Les quelques pièces de ce genre qu'on verra figurer au catalogue étaient classées à part : elles n'avaient pas droit de cité dans la collection. »

Les pressentiments que M. Charavay exprimait autre part sur le succès de la vente ont été justifiés. Elle a dépassé le chiffre de 18,000 fr.

Voici quelques-uns des chiffres atteints par les autographes les plus notables : Une signature de Bacon, 106 fr.; id. de Bensserade, 50 fr.; une lettre autographe signée de Bossuet, 105 fr.; Byron, 70 fr.; Calvin, 91 fr.; Fénelon, 80 fr.; Franklin (lettre à Marat), 80 fr.; Galilée, 460 fr.; Madame de la Fayette, 55 fr.; Montesquieu, 200 fr.; Newton, 500 fr.; Jean Racine (lettre au père Bouhours), 575 fr.; Saint-Gelais, 21 fr.; Madame de Sévigné, 305 fr.; Vaucanson, 82 fr.. Vauvenargues, 351 fr.; Voiture, 50 fr.

Parmi les artistes, nous citerons : Bernini, 60 fr.; Dumonstier, 85 fr.; Géricault, 265 fr.; Palladio, 105 fr.; Germain Pillon, 200 fr.; Beethoven, 124 fr.; Mozart, 430 fr.; Rameau, 70 fr.; Schubert, 61 fr.

Parmi les voyageurs : Cook, 27 fr.; Lapeyrouse, 20 fr.; Livingstone, 45 fr., etc.

La vente des livres, catalogués par mon excellent ami M. Aubry, dont l'éloge ne serait déplacé nulle part, excepté dans le *Bulletin du Bouquiniste*, ont été aussi fort bien vendus, eu égard au mauvais état où ils se trouvaient pour la plupart. C'était, en effet, la bibliothèque d'un chercheur et d'un artiste plutôt que d'un bibliophile ; il s'y trouvait toutefois des Heures gothiques de Thielman Kerver, imprimées en espagnol (Paris, 1529), qui se sont vendues 425 fr.; une collection d'ouvrages de Savonarole, vendue 162 fr.; les cinq livres de chirurgie d'Ambr. Paré (Paris, Wechel, 1572, in-8, fig. sur bois), que M. Boilly avait achetés 2 fr., il y a peu d'années, à l'étalage d'un bouquiniste de la rue Soufflot, et qui ont atteint 88 fr.; la collection des costumes italiens, dessinés et lithographiés par lui en 1827, 31 et 34 fr.; le catalogue de sa vente de dessins, en 1869, papier de Hollande, 40 fr.; le Roman de la Rose (Paris, J. Petit, 1631, in-fol, goth. à 2 colonnes), taché et raccommodé, 159 fr.; Remy Belleau (Gilles Gilles, 1578), 49 fr.; Amadis Jamyn (Paris, Patisson, 1581), 90 fr.; Ronsard (Buon, 1610, in-12), 52 fr.; Desportes (Rouen, Du Petit-Val, 1600, in-12), 69 fr.; Jodelle (Lyon, Rigaud, 1597, in-12), 56 fr.; le Journal asiatique, collect. complète, 245 fr.; deux manuscrits différents du poëme de Joseph et Zuleïkha, en persan, se sont vendus 35 et 80 fr.; un manuscrit des poésies de Hafiz, 100 fr.

On a vu certains de ces livres atteindre des prix beaucoup plus élevés ; mais l'état généralement médiocre des exemplaires ne permettait pas d'espérer mieux, et le cher et modeste artiste que nous regrettons, n'eût osé lui-même espérer que la vente de son cabinet produisît le chiffre de plus de 48,000 fr. qu'elle a atteint, grâce au zèle intelligent de MM. Blaisot, Charavay, Aubry et de l'infatigable M. Delbergue-Cormont.

Toutefois, quel qu'en soit le résultat, un sentiment de tristesse profonde préside toujours à cette dispersion posthume de trésors amassés pendant une vie laborieusement occupée. Ces peintures, sur lesquelles s'est longtemps promené le pinceau d'un ami, ces dessins de maîtres, l'enchantement de ses yeux, ces bibelots, ces livres, où il se plaisait, où il amassait les trésors de son savoir, tout cela se disperse aux quatre vents du ciel, comme les débris d'un vaisseau désemparé; chacun se dispute les restes de ce dernier naufrage.

Et moi-même j'en ai recueilli quelques épaves, dont la vue me fera revivre dans le passé avec l'ami qui n'est plus de ce monde. Il sera toujours présent à mes yeux dans ce qui vient de lui. Mais qui me rendra son visage doux et bon, son sourire aimant, son intime causerie, toujours aimable, toujours féconde, et dont le parfum de la littérature, des beaux-arts, du savoir se dégageait comme à son insu? Obscur et caché pour les indifférents, il se révélait à ceux qui lui étaient chers; c'était comme une transfiguration. O mon vieux, mon excellent ami! J'entends encore ta voix mourante qui reprenait un peu de force pour m'entretenir de mes études préférées; je sens encore le dernier souffle de ta lèvre, qui semblait attendre pour s'exhaler la présence d'un ami. Je me souviens de cette journée du 14 juin 1874 où j'ai posé le baiser suprême sur ton front déjà glacé, baiser profondément douloureux, sans consolation ici-bas, mais non point sans espérance!

Prosper Blanchemain.

RED. :

19

graphicom